सफरनामा

जिंदगी से मौत तक का सफर...!

(भावनाओं के साथ जीवन के चरण)

Flairs and Glairs
Publication House

"Safarnama"

ISBN No: " 9789390416424"
1st Edition
Language –Hindi

Flairs and Glairs
Publication House
Regd. Under MSME Act.

This is a work of fiction and solely represent the thoughts of the corresponding authors of the articles. Our editors have tried their best to edit the content of all the authors and check the plagiarism.
All the write-ups in this book are unique and are only published in this book.
In case any plagiarism or error is found, only the author is responsible alone, and not the publisher or the Compilers.

Cover Designing and Book Formatting
Shubham Shah and Ishani Agarwal

स्वीकृति

कुछ पंक्तियां उनके नाम जिन्होंने इस काबिल बनाया की हम कुछ कह सके ।

"हिम्मत भी हो,
न जानते हुए खिदमत भी हो,
इस मुकाम तक पोह्छने का,
एक करिश्मा भी हो,
आपका साथ ही तो,
मेरे दिल का ख्वाब भी हो!"

सफरनामा

सफरनामा का मतलब होता है सफर, तो ये भी एक सफर है, हमारी जिंदगी भी तो एक सफर है। हर मोड़ पर एक नया पहलु जो दीखता है, कितनी भी कोशिश करले फिर भी उलझता है।

कविता या नज़्म कहु इन्हे समझ नहीं आता मगर कुछ ऐसे किस्से या कहे कुछ ऐसे सिलसिले जो हर एक इंसान अपने जीवन मे अनुभव करता है। कुछ सोच कर ही इस सफर को अंजाम देता है। सही कहने जाऊ तो ये सफर अधूरा है, हर कोई खुशनसीब नहीं होता है, कविता मे उस अदाकारी को ढालना कठिन था, जितना बन सकता था उतनी कोशिश कर ये किताब को पूरा करने का निश्चय लिया था।

जिंदगी के सफर मे काफी उतार चढ़ाव आते है, कुछ ऐसे किस्से आते है जो हमसे संभाले नहीं जाते। फिर भी ऐसे कठिन परिस्थिति मे हर मुश्किल को मुस्कुराते हुए स्वीकार कर आगे बढ़ने की जिद्द ही हमे इस सफर के अंत तक मुस्कुराता हुआ देखना चाहती है।
कहते है जिंदगी एक कसौटी है, अगर गौर किया जाए, सिर्फ एक कसौटी नहीं ये आगे बढ़ने की, खुद को साबित करने की एक ऐसी धुन

है जो बेशक कानो पे पड़े तो बेहद प्यारी लगती है। इस किताब के हर पन्हे पर मैंने उस कविता की रचना करने का प्रयास किया है जो हमे एक ही बक्से के अंदर ढालने की ताकत देते है...

सूची

चलो बैठते है

ज़िंदगी के साथ एक शाम

चाय का घूँट लेकर

कुछ मंज़िल क़ी

कुछ करते हैं सफ़र कीं बात !!

जिसे कहते है हम सब का साथ- सफरनामा एक जज़्बात

Ammar Tamboli

तो ये सफरनामा आपका मेरा और इस दुनिया मे बसे उस हर एक इंसान का है जो जी रहा है, जो इस जीवन मे अपना अस्तित्व होने का एहसास दिला रहा है, और जो इस जीवन मे सारे किस्से ख़तम कर उस जीवन की ओर बढ़ रहा है, जो शायद ही उसे पता होगा...

ये सिर्फ कविताओं का भंडार नहीं बल्कि एक ऐसा पुस्तक है जहा आपको उस हर एक चीज़ का अनुभव होगा जो आपने देखी होगी, समझा होगा, और शायद आजमाया भी होगा।

कुछ कहानिया कुछ किस्से कुछ उद्धरण तो कुछ असलियत की बातें।

कुछ पंक्तिया जिस विषय पर हमने ये किताब पढ़नी है...!

।। जिंदगी के ढंग ।।

जिंदगी गुलज़ार है,
खटास और मिठास की एक ज्वाला है,
कोई साथ है,
तो कोई पराया है,
इस जिंदगी की डोर मे,
हमे सब को अपनाना है...!

कभी मुस्कुराकर,
तो कभी क्रोधित होकर,
कभी सेहम कर,
तो कभी डाट फटकार कर,
इस गाड़ी को हमे आगे बढ़ाना है...!

हर पहलु को खोल,
उसका सही उत्तर ढूंढ,
हमे आगे बढ़ना है,
लाख कोशिश करले कोई,
निचा दिखाने की,
उसे प्रतिउत्तर मे,

जवाब नहीं एक सबक की तौर पर,
तुम्हारे कार्य से उन्हें विचलित करना है...!

इस डोर को कायम रख,
हमारी अगली पिढ़ी को भी,
यही जीवन की डोर उपहार की तौर पर देनी है...!

हमारे जीवन की शुरुवात होती है हमारे जन्म से, यहाँ है तो हमने जन्म लिया है, मानो जन्म ही ना होता तो कुछ संभव ही नहीं था।

क्या होता है जन्म? क्यों होता है ? इस बारे मे सोचने जाए तो एक पूरी जिंदगी कम पड़ जाएगी।

जन्म को किसीने समझा तो किसीने अमल किया।

यहाँ आया हर एक इंसान कुछ ना कुछ लेके जरूर जाएगा, तजुड़बा अपने पास रख वो अपनी बढ़ती पीढ़ी को समझायेगा।

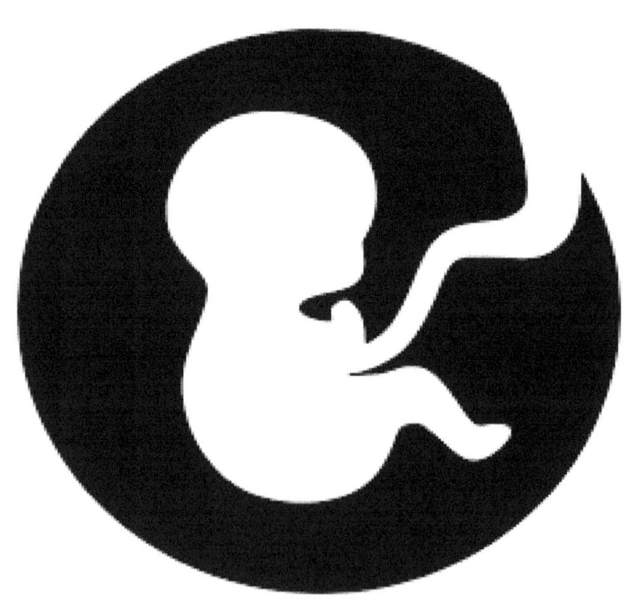

।। जन्म ।।

एक बीज बोया था किसी महापुरुष ने,
जिसे प्यार था उस कोमल कन्या से.
कुछ ९ महीने थे उनके पास,
प्यार था उनका जरूर बेमिसाल...

ख्याल तो रखा जा रहा था,
खुशियों का बौछार था,
हर वक़्त हर घड़ी,
उस कन्या को प्यार था...

तब कुछ हो जरूर रहा था,
उनके अंग मे, शायद मैं बढ़ रहा था,
जैसे कली खिलती हो,
वैसे मैं उनके कोक मे खुदको सवार रहा था...

बहार की दुनिया कैसी होगी,
ये तो सोचा न था,
सिकुड़ के जीने की आदत को,
मैं अभीसे अपना रहा था...

श्रीमान हूँ या श्रीमती,

गरीब हूँ या अमीर,

ये तो पता भी नहीं था,

मगर मैं अपनी खुशियों की जिंदगी जी रहा था...!

कुछ ऐसा ही होता है जन्म का सफरनामा, कुछ मीठा कुछ खट्टा, कुछ बेहद प्यारा तो कुछ अलग और न्यारा।

कौन कहा कैसे जन्म लेगा ये हमे पता नहीं होता, न मुझे खबर थी न आपको, की आप कहा जन्म लोगे। तो ये कविता थी उस सफर की जब वो बीज बोया गया था, जहा आपके और मेरे जिंदगी का एक अलग ही किस्सा शुरू होना था। जब आपने और मैंने जीना सीखा था।

जन्म माँ देती है उसे मुकम्मल हम करते है, साथ बाबा देते है, और हमे जीना सिखाते है। जब उस कोक मे थे तब वो छोटी जगह भी काफी बड़ी लगती थी, और वो अँधेरा भी चल जाता था। माँ का आँचल और बाबा का प्यार ही सब कुछ होता था। दुनिया देखी नहीं थी मगर दुनिया से प्यार हो चूका था। अबसे सब नया होगा ऐसा एहसास होता था।

कुछ कहानियाँ ऐसी भी होगी, जो उस छोटेसे बिल से बहार नहीं निकल पाई होगी।

घुट कर शायद जिंदगी की डोर उन्होंने छोड़ दी होगी, मगर हौसला कर तुम्हे जीना है, कोशिश कर अब आए हो तो खुद का नाम भी बनाना है।

तो आगे बढ़ते है उस सफर पे, जब आप और मैं, हम दोनों इस अनोखी सी दुनिया मैं दाखिल हुए। उसे कहेंगे, " पहला दाखिला"

।। पहला दाखिला ।।

९ महीने यही बीत गए,
माँ की आँचल की छाव मे,
और बाबा के प्यार से,
यही बढ़ते गए...!

काफी तकलीफ दी तो थी हमने,
अब सोचा थोड़ा देख ले,
माँ ने कही दुनिया को क्यों ना,
हम खुद अपनी आखों से देख ले?

तो माँ को और परेशान कर,
हमने फैसला कर लिया,
इस दुनिया को देखने के लिए,
हमने इस दुनिया मे अब प्रवेश कर लिया...!

लेकिन ये क्या?
देख सारे चेहरे हम रो पड़े,
माँ को आँसुओ मे देख,
हम और चीख उठे...!

वो नन्हे पैर थे,
सबके हम दुल्हारे बने,
सब हमे गोदी मे लेने,
इतने उतावले हुए...!

पता तो कुछ नहीं था,
बस हसना रोना और खुश होना आता था,
किसीके भी पक्ष मे कभी बोलना नहीं पड़ता था...

कुछ ऐसा था ये सफरनामा,
जब दाखिल हुए थे पहली दफा,
सूरज की किरणे क्या,
और चंदामामा की चमकाहट क्या,
सबकुछ प्यार था,
आपका और मेरा यही तो अनुभव था...!

तो ये सफरनामा था दाखिल होना इस जीवन मे, जब पहली बार हमने आँखे खोली थी, पहली बार आवाज लगाई थी, मतलब रोए थे, माँ के अलावा किसी और के हाथो मे थे, और अभी दुनिया देखनी शुरू किए थे। तो अब सिलसिले यहासे शुरू हुए। जब जन्म लिया था तब भी खुशियाँ थी, और अब और खुशियाँ है। फरक शायद इतना होगा लड़का या फिर मैं लड़की थी। मान लेते है सब खुश थे, मेरे आने से सब मुझे देखने बेक़रार थे।

जन्म होतेसे हम इस जीवन मे प्रवेश करते है। जहा हमारे नन्हे कदम कुछ कह देते है, यहाँ किलकारियाँ होती है, तो लोगो के चेहरे पर मुस्कान। शोर शराबा दूर होता है, और ख्याल भी काफी रखा जाता है।

अब यहासे तो हमारा सफर शुरू होता है।

इस सफर मे हमे जीना सीखना होता है, हर उस कड़ी को पहचानना होता हैं जो हमें हमारे मंज़िल तक पोहचायेगी। तो सुनते है कुछ किस्से बचपन के, क्यूँकि दाखिल होने के बाद वही होता है। तो अब बचपन के किस्सों मे भी पहलू है। अगर हम एक आलीशान बंगले मे पैदा हो तो और, एक अगर हम उस माँ के कोक से जन्मे हो जहा शायद दिन मे एक बार का खाना नसीब न हो...

।। बचपन के किस्से ।।

(पहलु 1)

अस्पताल भी काफी बड़ा था,
रौनक थी और एक अलग एहसास था,
चाहने वाले आए थे,
और मिठाई भी लाए थे,
मुँह मीठा कर रहे थे,
एक दूसरे को बधाइयाँ दे रहे थे...!

घर अब जाना था,
सबको मिलना था,

घर को सजाया था,
हमारे आने की ख़ुशी मे,
सबको बुलाया था...!

अब सफर यहाँ शुरू हुआ था,
लेकिन कुछ भी पता नहीं था,
सही गलत का अंतर तो अबतक समझा नहीं था,
और हमने, अब लोगो को अपनाना,
अभी अभी तो सीखा था...!

नन्हे कदम बढ़ रहे थे,
उन्हें अपनाने धीरे धीरे सारे लोग खड़े थे,
चाँदी के थाली मे,
हमारे पकवान हमे मिले थे...!

जी हा मे एक घर मे पैदा हुआ,
जहा सबकुछ मुझे मिला,
माँ बाप का प्यार और अपनों का दुलहार,
हरदम मेरे साथ रहा...!

।। बचपन के किस्से ।।

(पहलु २)

ना जाने ऐसा क्या था.
माँ के गोद मे. मैं पड़ा था.
कोई देख भी नहीं रहा था.
शायद मैं आप सबसे अलग था...!

जन्म मेरा हुआ था.
उस छोटेसे कमरे मे जहा सब लोग थे.
वहा मैं भी था.
ख़ुशी होनी भी लाज़मी थी.
क्यूँकि मेरा. इस घर मे जो आना हुआ था...!

मेरे घर जाते ही.
ख़ुशी जरूर हुई थी.
अंधेरा अब भी था.
मगर माँ के आँचल मे मेरा सवेरा था...!

माँ काफी थक जाती.

सब संभाल मुझे भी संभालती,
चाँदी तो नसीब न थी मुझे,
बस अब जो मिलता, उसीमे गुजारा था...!

अब राह थी बड़े होने की,
दुसरो को देख कुछ सिखने की,
माँ के आँसू पोंछ उसे हँसाने की...!

तो ये थे दो पहलु बचपन के जो कहते है हर कोई समान है मगर कही न कही अलग जरूर है। हम ऐसे जुड़े है एक दूसरे से मानो हम काफी समझदार हो, मगर हम अगर खुदसे पूछे तो इसका शायद ही हमे जवाब मिलेगा। अनजाने मे हम ऐसे परिस्थिति मे अपने आप को ढाल लेते है मानो हमे उसी के सहारे जीना है। पर परिस्थिति हमे बताकर नहीं आती और ना ही हमे पता है हम कौनसे परिस्थिति मे जन्म ले रहे है। जिंदगी से झुंजते हुए हम सब कठिनाईयों का सामना करते हुए एक अलग ही पड़ाव पर पोछ जाते है। तो ये पड़ाव कुछ ऐसा है, बचपन के किस्सों के बाद किलकारियों और खिलोनो का एक बवंडर है।

फिर वही दो पहलु, एक जिनके पास सब कुछ था, और एक जिनके पास कुछ नहीं...

।। किलकारी खुशियों की ।।

बचपन अबतक छूटा नहीं,
खिलोनो के संग खेलना,
अबतक ख़तम हुआ नहीं...!

रंग बिरंगे इन खिलोनो को,
मैंने है सिचा,
हर वक़्त मैंने फिर भी है अलग कुछ पाया...!

सीख ही रहा था चलना मैं,
अचानक से मैं दौड़ पड़ा,
उस गाड़ी मे बैठ मैं चलना सीख गया...!

सिर्फ इतनाही नहीं,
मैं गहनों से भी निखर उठा,
लोगो के चेहरे पे मेरा नाम भी ऐसे दमक उठा...!

खाना पीना सोना यही था आता,
कपड़ो से भरे कमरे मे,
मैं हमेशा था घूमता फिरता...!

कुछ ऐसा था वो जीवन,

यु जो बीत गया,

खुशियों क संग मैंने उसे हरदम है जीना सीखा...!

।। किलकारियां खुशियों की...! ।।

(पहलु दूसरा)

अब थोड़ा बड़ा होगया,
माँ के संग रोटी बनाने मे मग्न हो गया...!

ना खिलोने थे ना था कुछ अपना,
जो मिला वही मैं चबाता चला गया...!

फिर माँ ने मेरी ओर देखा,
मुस्कुराकर कुछ इसतरह समझाया,
मुझे वो चीज़ छोड़, अपने पास बुलाया...!

फिर देखा 100 दफा,
जिस्म पर कपड़ो को ढका,
कुछ मिला नहीं तो,
अपने आँचल मे हरदम छुपा लिया...!

कुछ ऐसा बीता मेरा बचपन,
खुशियों की तरह और,

थोड़े गम के संग,

वो मुझसे हर वक्त कुछ कहने लगा...!

तो ये सफरनामा था उस बचपन का, जो काफी कम उम्र मे शुरू हुआ, हम ऐसेही कुछ पहलु देखेंगे हमारे जीवन के जो हमने जिए है और हमने दुसरो को उसे जीते हुए देखा है। ये वो बचपन था, जब हमने कुछ चीज़े सीखी थी, समज तो नहीं थी हमे, पर हमने बेशक कुछ ना कुछ जरूर समझा था।

जिद्द पकड़ना और किसी के समझाने पर छोड़ देना, माँ का और बाबा का वही दुल्हारपन हमेशा हमारे साथ होना। ऊँगली पकड़कर चलना तो कही किसी और का साया ले, चलने तक वो छोटीसी जिंदगी बीत गई।

अब बड़े हो ही रहे थे, जहा हमने बोलना सीखा, अच्छे और बुरे की समझ आई, दोस्त बने और हमने पाठशाला मे अपना नाम लिखा। किताबे, खिलोने और कुछ नया सिखने के छह मे हम बड़े हुए।

तो सुनते है वो कहानी जो हमारे बचपन की सबसे अच्छी और यादगार सफर मे गिनी जाती है। जी हा हमारी पाठशाला। जिसे हम स्कूल कहते है।

।। अध्ययन ।।

(स्कूलिंग)

अब मे बड़ा हुआ,
हसी और आसुँओं मे फरक समझने लगा,
नया बस्ता मिला मुझे,
और मैं ख़ुशी से बोहरा उठा...!

पाठशाला मे जाने लगा,
नए दोस्त बनाने लगा,
सीखने लगा,
कुछ नया मैं समझने लगा...!

पढाई का बोज कभी लगा नहीं,
खेलना कूदना भी साथ रहा,
घर आकर माँ को सताना भी आजतक याद रहा...!
फिर उम्र भी बढ़ती गई,
बड़े हम होते गए,
स्कूल की वो मस्ती छूट ना जाए,
ऐसे सोच हम खुद को सवारते रहे...!

फिर पढ़ाई का बोज बड़ा,
और धीरे से हमे कंधों पर,
कुछ लिखावट का सांझ आया...!

फिर बारी आई सुनने की,
बेटा क्या करोगे बड़े होकर,
ये सवाल का उत्तर ढूंढ़ने की...!

फिर हमारी गिनती हुई,
प्रतियोगिता जो बढ़ते गई,
उज्ज नीच हो रही थी,
मैं तुझसे होशियार हूँ या नहीं,
ये सवालों की तो उस वक्त महिमा थी...!

बड़े होते गए,
तब वक़्त आया ऐसा,
छोड़ जाना था हमे,
हमारा पुराना बक्सा...!

वो रोज सुबह उठकर जाना था हमे,

स्कूल की असेंबली मे खड़ा रहने था हमे,
फिर हर फंक्शन मे,
भाग लेना था हमे,
उस हर बढ़ते ख्वाब को बुनना था हमे...!

वो शिक्षक का प्यार,
और वो पि.टी सर का दुलहार,
फ्री लेक्चर मिलते ही,
होता था खेलने का भूत सवार...!

अब हम छोड़ रहे थे गलियाँ,
जहा बना था बचपन सुनहरा,
क्रोध क्या होता है,
ये भी सीखा था जहा,
वही प्यार मे मिलकर रहना,
समझा था हमने हर वक़्त होकर खास सबका...

पाठशालाएँ अब पीछे छूट गई,
अब कुछ नया है हतेली मे,
कुछ अनोखा सा है ये जीवन,
व्यर्थ नहीं सब इसके आगे मज़्जेदार है...!

पाठशाला, स्कूल ये सफर जिंदगी का वो सफर था, जहा हमने अच्छाई, बुराई, क्रूरता इत्यादि चीज़ो के बारे मे सीखा। इतना ही नहीं, हमने हर वक़्त कुछ ना कुछ सिखाया और उनसे सीखा। पाठशाला एक ऐसा किस्सा है हमारे जीवन का जो अलग ही पैगाम है, माँ बाबा ने चलना सिखाया, और पाठशाला मे हमने जीना सीखा। शिक्षक मोहदय और दोस्तों ने जिंदगी का मतलब समझाया।

आजतक या कहे मरते दम तक हम ये कभी ना भूल पाएँगे, जो मस्ती, मटरगस्ती हमने पाठशाला मे की है, वो शयद ही हमने अभी की हो, और अगर हम कर भी ले तो फिर भी वो स्कूल वाली बात तो याद आती ही है।

अक्सर कहा जाता था हमे, बस 10वी तक पढ़ लेना बादमे खुलकर ही तो जीना है, फिर हम समझ रहे थे ये लोगो का सच ही तो कहना है।

तो जब सब छूट गया, हम आए हमारे किशोर वय मे, जहा हमने पाठशाला से सीखे कुछ किस्से, कुछ अनुभव लेके जीना सीखा।

।। किशोर वय ।।

पाठशाला को हम पीछे छोड़ आए है,
कुछ नए किस्से हम बनाने वाले है,
यादें अभी भी बाकी है,
पुराने दोस्तों का बिछड़ना भी तो जायज़ है...!

कोई ये तो कोई कुछ,
कोई यहाँ तो कोई वहा,
बस अब एक नई दुनिया आगे है...!

बढ़ना है हमे अभी,
कुछ कर भी दिखाना है,
इस किशोर वय मे,
हमे जिंदगी के पहलु को आजमाना है...!

किशोर वय जरूर है,
यहाँ अब हमे सब पता जो करना है,
दोस्त नए बनेगे यहाँ,
कुछ किस्से नए बनेगे जहा...!

ये वय ही ऐसा है,
शायद सब खोकला है,
यहाँ नीव जमेगी भविष्य की,
पढ़ाई की और जिम्मेदारी की...!

यहासे हम सपने बुनेंगे,
मर्यादा और चाहत की,
खुद को खड़ा करना है,
और साबित कर दिखाना है,
खुद को उस ऊंचाई तक पोहचा कर,
माँ बाबा का नाम रोशन करना है...!

अब वक़्त ऐसा है,
मानो कुछ अलग या नया है,
पुरानी बातों को छोड़ हमे,
एक नए तारीखे से जीना है...!

हालात अब अलग है,
कुछ बातें अब सही है,
खटास है तो कही मिठास है,

शायद दो दिलो का रास है...

यहाँ प्यार है,
क्रोध है,
सब है,
कभी आक्रोश है,
तो कभी दुल्हार है...!

ये सफर कुछ अलग है,
किशोर वय तो जवानी का असर है,
ये जवानी भी कितनी अलग है,
यहाँ दुबे तो शायद रात अनजान है...!

यहाँ काफी सिलसिले है,
प्यार है धोका है,
झगडे है फसाद है,
समझदारी है,
और जीवन मे आगे बढने की बात है....!

किशोर वय तो जवानी का असर है,

यही वय तो हमारे होने,

और

न होने की बात है,

कुछ कर दिखाने की,

और

कुछ समझने की,

ये पैगामों वाली रात है,

यही जलना है,

खड़े होना है,

कुछ कर दिखाने की क्षमता से,

हमे आज ये जीवन को समझना है...!

ये सफर काफी अलग है, जवानी के इस मोड़ पर दुनिया के किस्से भी लाजवाब है। अब जहा किशोर वय वहा प्यार तो होना ही है, और जहा प्यार है वहा धोका होना है।

असल मे अगर देखने जाए तो ये एक ऐसा मोड़ है हमारे जिंदगी का, जहा हम बेफिक्र होते है, जहा हमे सही गलत की पहचान जरूर होती है, मगर क्या सही है इसकी मालूमात कम होती है।

कहते है पुबर्टी हिट्स, तो वही होता होगा, खून भी तो गरम होता है।

कुछ इसी तरह वो कॉलेज डेज मे प्यार हो जाता है, पसंद ना आए तो धोका दिया जाता है।

ये हर किसी को पता है, हर किसीने इसे समझा है, और इसी को देख अपना आगे का जीवन व्यतीत किया है ये सबके साथ हुआ है और शायद होने वाला है, ये हर एक के जीवन का अनोखा सा पहलु है ।

।। प्यार ।।

कहते है वो वय कुछ अलग होता है,
हमे कुछ अलग ही एहसास दिलाता है,
आकर्षण भी अलग होता है,
हमे किसी अपरिचित व्यक्ति पर विश्वास हो जाता है...!

दोस्ती बढ़ती है,
गीले शिकवे भी होते है,
मुलाकातें होती है,
अनजान राहो पर जो दिल मिल जाते है...!

कैसे व्यक्त करू ये,
समझ नहीं आता,
मुझे तुमसे प्यार है ये भी कहा नहीं जाता,
प्यार की परिभाषा,
समझ नहीं आती,
किश्तों मे मिली बातें,
हमेशा उलझ ही तो जाती...!

कभी सज्जा वाला प्यार है,

तो कभी बस युही मना करदिया,
कही नादानगी है,
तो कही इश्क बेशुमार है...!

ये एहसास ही अनोखा है,
दो दिलो का जो मिलन पक्का है,
आज नहीं तो कल उन्हें एक होना है...!

वो कॉलेज की बात है,
आँखों से आँख मिलाना है,
शर्मा कर दूसरी ओर देखना है,
हा यही तो प्यार है...!

किशोर वय मे आते ही,
प्यार के नग्मे आते है,
क्यों हम माँ बाबा का प्यार युही भूल जाते है?

ये कुछ अलग ही है,
प्यार मे रुस्वाई भी है,
हमे बहार की दुनिया का,

कुछ अलग ही तजुड़बा है...!

जब प्यार होता है,
गीले शिकवे होने है,
वो कुमार वय मे,
हमे वो समझ ना आने है,
अब हमे कठोर बन,
कुछ किस्से बतलाने है..!

।। संबंध विच्छेद ।।

जहा प्यार है वहा धोका है,
ये बात नहीं एक अनोखा किस्सा है,
दिल टूटना तो एक किशोर वय का,
सीधा साधा उदहारण है...!

कोमल वय था वो,
जब लगा था प्यार हुआ,
कुछ अनबंध आ पड़ी,
तो लगा वो धोका था...!

क्या कहे समझ ना आता,
दिल टूट गया तो सवर भी जाता,
एक जाए तो दूजा पाए,
ऐसा कुछ वो पल कहलाता,
हर बार नहीं,
कभी कबार वो मजाक कहलाता...!

अक्सर हमने ये शब्द सुना,
ब्रेकअप हुआ है,

ऐसा ज्ञात हुआ,
आँसू है बहते,
ऐसा हश्र हुआ,
न जाने क्या होता है,
ये पता चला...!

ब्रेकअप जो हुआ अभी,
दिल है टुटा तभी,
सब बुरे है ये सोचा अभी,
डिप्रेशन है,
रोना धोना है,
उसमे बदले की भी तो आग है...!

अब बचपन तो है नहीं,
जो खोकला है,
ये हमारे जवानी का तेज है,
प्यार जिससे हुआ था,
वो छोड़ मुझे आज गया,
हा ब्रेकअप मेरा हुआ..!

मैं क्या करू ये समझे ना,
वो छोड़ क्यों गई मुझे,
ये मुझे पता ना,
फिर भी मैं सोच रहा हूँ,
क्या गलत हुआ मुझसे,
ये मैं अबतक जान ना सका...!

ये सफर भी कठोर लगता है,
मानो सब साथ छोड़ गए ऐसे ज्ञात होता है,
हर किसी के जीवन मे,
ये वक्त जरूर आता है...!

इन सबके बाद जब हमारी कॉलेज लाइफ ख़तम होती है, तब जिंदगी का पड़ाव कुछ अलग होता है। अब हम माँ बाबा को तकलीफ मे नहीं देख खुद कमाना सीखते है, खुद से खुद का गुजारा देखने का सोचते है नई जॉब, नए दोस्त, नए सह कर्मचारी, कुछ सिखने का नया अंदाज़ होता है

जॉब एक ऐसा पड़ाव है जिंदगी मे, जो किसीको आसानी से या मुश्किल से मिलता है।
कभी कबार तो इतनी कठिनाइयाँ आती है जो हमे खोकला कर देती है, समझ लेना ये तो सिर्फ हमारी परीक्षा होती है।

इस मे अवल नहीं आना होता, सिर्फ बिना डगमगाए हमे इसे पार करना होता है।
फिर सालो काम करके हमे रिटायर होना होता है और फिर वही एक अलगसे जीवन बिताना होता है।

।। व्यवसाय ।।

कॉलेज से निकल कर,
सब बदलसा जाता है,
अब नयासा सब देख,
दिल भी बोहरा जाता है...!

जिंदगी बदल सी जाती है,
अब हाथ मे वो बैग होगी,
अयाशी छोड़ अब हमे,
काम पर ध्यान देने की लत लगी होगी...!

यहाँ नए दोस्त बनेंगे,
अब नए फूल खिलेंगे,
नए जिंदगी की शुरुवात होगी,
क्यूँकि यहाँ उसकी नीव होगी...!

फिर काम होगा,
घूमना होगा,
डिनर शीनर का प्लान होगा,
और हमारी एक अलग पहचान होगी...!

सालो बीत जायेंगे,
काम करके एक अलग दुनिया बनाएँगे,
सब सींच कर हम अपना नाम लिख जाएँगे...!

ये दुनिया ही अलग है,
यहाँ नौकरी का अलग ही मजा है...!

सालो बीत जाते है,
हमे खुद को सवार ये सब संभालना होता है,
एक न एक दिन हमे निवृत्त होना होता है...!

वो कुछ अलग ही दुनिया होती है,
हर रोज का काम काज छोड़,
वो दुनिया जिनी है...!

घर बैठना होगा,
और होगा कुछ अलग सा काम,
आदत नहीं होगी घर बैठने की,
पोता पोती के साथ वक्त बिताना होगा...!

ये सफर जिंदगी के उस मुकाम तक पोहचेगा,
जो हमे अपने आप से,
रु-ब-रु मिलाएगा...!

विवाह एक बंधन है, जो बंधता है जिंदगी के उस घड़ी पर जब जीवन की डोर थामने कोई अपनासा जरूर चाहिए होता है, कुछ ऐसा बंधन जो शायद ही टूटे ना, कुछ ऐसा एहसास जो समझे ना।

शायद होता होगा कुछ अलगसा, प्यारा सा मगर दिल से जुड़ा सा।

ये बंधन ही कुछ अलग होता है, सबके संग दो दिलो का भी संगम होता है, शादी या विवाह कहे ये रिश्ता अनोखा और लाखो मे एक होता है...

विवाह के पड़ाव, देखते है उनके कुछ अलग नज़ारे।

शादी- ये शब्द ही हमे कुछ कह जाता है, हमे बोहोत सारी चीज़ो का एहसास दिलाता है, शादी एक ऐसा गठबंधन है जो दो दिलो का, दो परिवारों का संगम होता है। हम अक्सर सुनते है लोगो से सही उम्र मे शादी करदो वरना आगे जाके तकलीफ होगी, परंतु हमे जबतक ठीक न लगे हम उसे मजाक समझ सोचते भी नहीं है। इस गठबंधन को तब अनोखा और सफल माना जाता है जब हम दिलसे उस रिश्ते की नीव रख हर घडी उसे संभल कर आगे बढ़ते है।
इस अध्ययन मे मैंने दोनों दिलो के भाव विचार रखने की कोशिश की है, इस रिश्ते की नींव रखने से पहले जो विचार दोनों परिवारों के मन मे और दोनों दाम्पत्य के विचारों का स्पष्टीकरण करने की कोशिश की है।
इस कविता मे मैंने कोशिश की है, की मैं उन वित्ति (विचार) के बारे मे बताऊ जो एक लड़की के मन मे हर वक्त होते है, शादी के मंडप मे बैठने से लेकर उस नए घर जाने तक की बातें।

।। विवाह का बंधन ।।

(एक लड़की के नजरिये से)

लो अब चली मैं,
लो अब चली मैं,
बाबुल का घर छोड़,
किसी पराए घर चली मैं...!

अबसे नया जीवन होगा,
कुछ अलगसा एक एहसास होगा,
मानो सिर्फ दिलो का संगम नहीं,
रिश्तो का मेल होगा...!

उस शादी के मंडप मे बैठ, मैं सोच मे पड़ी हूँ,
क्या करू इस भ्रम मे हूँ,
अब कलसे सब अलग होगा,
रोज सुबह माँ की डाट की आवाज नहीं होगी,
बाबा का दुल्हार ना होगा,
अब बस कर उठ भी जा,
ये सुनना भी ना होगा...!

भाई को सताना ना होगा,
टीवी के रिमोट पे झगड़ा करना ना होगा,
माँ का हाथ मे चाय देना ना होगा,
खुद का खुदसे करना अब होगा...!

रोज सुबह सबसे पहले उठना होगा,
सबका ख्याल रख,
सबको समझना होगा,
और फिर मुझे खुद को भी संभालना होगा...!

अब क्या कहे,
ये रिश्ता ही अलग है,
सिर्फ दो दिलो का नहीं,
ये तो परिवारों का मेल है,
हमे तो बस अभी इसे सनजोगना है...
शादी के मंडप मे,
दर्द भरे दिल से,
घरवालों को अलविदा करना है,
इन सबको खुश देख,

हमे भी तो हसना है...!

जब घड़ी आएगी जाने की,
विदाई की, हमे रोना है,
तब क्या अभी तो हमे रोना ही आना है,
ये विदाई भी क्या अलग ही रसम है,
क्यों एक लड़की को ही निभानी है?

क्यों जाए एक लड़की पराए घर,
जहा उसका कोई अपना नहीं है,
ये रिवाज ही ऐसा है,
मानो दोनों भी घर लड़की के नहीं है...!

अब कलसे अलग नाम होगा,
अलग ही अंजाम होगा,
बातें नयी होगी,
पुराना सब भूलना होगा...!

।। विवाह की प्रतिज्ञा ।।

(लड़के का नजरिया)

ये विवाह का क्या बंधन है?
जो मुझे अभी समझना है,
हर राह पर जहा अकेला था,
अब किसी का साथ निभा चलना है...!

अगर अयाश था पहले,
अभी सुधरना होगा,
माँ बाबा के साथ अब एक,
नई जिम्मेदारी को भी संभालना होगा...!
वो जरूर आयी है मेरे घर,
युही नहीं है वो किसीसे कम,
काफी समय बीत चूका,
ज्ञात होता है,
नहीं है वो हमसे कम,
काफी अलग है उसके विचार,
और मुझे अभी,
एक नई जिंदगी मे उसे पिरोना है...!

ये यादें बड़ी सताती है,

दोस्तों को सामने देख,

सोचता हु अभी,

क्या समझ पाएगी ये मुझे,

दोस्तों के संग बैठ पाउँगा मैं,

दोस्तों से मिलना होगा क्या कम?

ये बात मुझे अभी सताती है...!"

सोच सोच है,

क्या कहु समझ न आता,

ये तो अभी जिंदगी का भ्रम है,

मुझे आजसे एक नए जीवन का साथ निभाना है...!

।। विवाह ।।

(प्रेम बंधन)

यु मिले हम अंजानेसे.
उस रास्ते जहा सब थे जाने से.
रिश्ते काफी आए थे.
काफी रिश्ते गए थे.
कुछ दिखा जरूर था तुममे हमे.
इसीलिए तो पसंद किया था उसी वक़्त तुम्हे...!

फिर शुरू हुई अलग कहानी.
घरवालों की हुई बातें निराली.
क्या कहे समझ न आता.
अब तो बस है इंतजार उनका सताता...!

अब घड़ी है अनोखी सी.
शादी के एक अलग ही बंधन की.
कमिया भी अपना लेंगे.
अच्छी बातें याद रखेंगे.
एक दूसरे को संभाल कर अपना जीवन बिताएँगे...!

एक साथ रहेंगे,
साथ निभाकर,
हर काम को अंजाम देंगे,
यही सोच ये कदम बढ़ाया है...!

संगम होगा प्यार का,
ये नन्हा बालक जब आएगा,
पूरी होगी कहानी हमारी,
जब उसकी किलकारी कान पर पड़ेगी,
सब भूल हम शरीक होंगे,
उसे अपने बाहो मे भरके,
उसकी मुस्कान मे हम मग्न होंगे...!

उसका बचपन हम सवारेंगे,
उसकी हर ख्वाहिश को अपनाएँगे,
सही गलत का फर्क अब उसे समझाएँगे,
और उसे हरवक्त कुछ नया सिखाएँगे...!

जब होगा बड़ा वो,

खुशियों को दर्शाएँगे.
क्या होता है प्यार.
उसका मतलब भी समझाएँगे...!

वादा जो किया था हमने.
साथ निभाने का.
वो जिंदगी भर निभाएँगे.
कितनी कठिनाइयाँ आई तो भी.
हम न डगमगाकर. खुद सवर जायेंगे...!

हो रात अकेली या कड़ी तूफानी.
बरसात सुनहरी या ठंड रूहानी.
हो बाल सफेद.
या हो घुटने ढीले.
न चल पाए,
मगर हो साथ तेरे.
ऐसेही हम चलेंगे.
साथ निभा हम ये जीवन का संघर्ष पूरा करेंगे...!

तो ये सफर था उस बंधन का, जो हमे जोड़ रखता है, साथ मे।

ये संगम बोहोत अलग होता है, यहाँ गीले शिकवे होते जरूर है, मगर रिश्तो मे मिठास भी होती है।

कुछ पल बीत जाते है युही और एक नया नगमा आता है जिंदगी मे, जो जीवन का एक मूल्यवान भाग बन जाता है।

वो खुशी वो बेपन्हा प्यार का हकदार होता है, उसे कुछ हो जाए तो हमारा दिन भी बुरा होता है।

उसकी पुकार सुनते ही भाग आते है हम, चोट उसे लगे तो दौड़ते है हम।

ये नूर हमारी जिंदगी का हिस्सा बन जाता है।

उसके आने से काफी चीज़े बदल जाती है, और हम पर और एक जिम्मेदारी आजाती है।

इसे संभालना आसान नहीं होता मगर इस नूर को पाने का अपने जीवन मे उसका होना ही इतना प्यारा और सुन्दर लगता है।

कहते है चाँद की रौशनी मे चमक लाने सितारे आते है, वैसे ही हमारे जीवन मे रौनक लाने ये प्यारे छोटेसे बच्चे होते है।

जी हा बच्चपन, एक नए जीवन की शरुवात...!

।। एक नए जीवन की शुरुवात ।।

(माता पिता का अनुभव)

देख लिए नग्मे हमने,
सारे जीवन के किस्से हमने,
अब बचा था सिर्फ एक किस्सा,
जो बुनना था प्यार से,
दुल्हार से अब हमे...!

थी उसकी कसौटी अब,
आने का उसके इंतज़ार अब,
जी हा कहते है उसे,
नन्हा सा राजकुमार अब...!

फिर उसका बढ़ना हुआ,
शहजादा हमारा बड़ा हुआ,
कुछ कमी जरूर लगी,
तो उसके लिए एक नन्ही सी लानी पड़ी...!

कुछ खटास और मिठास के साथ हम बड़े जरूर,

इस जीवन को समझ हम खिले जरूर,
यही नाना नानी,
दादा दादी के संग खेले सब,
बचपन इनका बीत गया...!

इन्हे वही स्कूल के कपदों मे देख,
हमे हमारा बचपन याद आया,
फिर वो कॉलेज की बातें,
और वही सिलसिले,
फिर इनमे दिखेगा,
खोया बचपन हमारा...!

फिर होगा सिलसिला इनका शुरु,
प्यार और कुछ नफरत भरा,
फिर समझाना होगा हमे,
जैसे समझाया था हमे,
अपने माँ बाबा ने,
कुछ वैसे ही जैसे मनाया था हमे,
खुद के उस इंसान को,
जो रूठा था हमसे कभी,
उस पुरानी कहानी मे...!

ये किस्सा था उस नन्हीसी जान का जो इस जिंदगी मे आए और फिरसे वही जीवन का सिलसिला शुरू हुआ, वही पुराना बचपन, वही दोस्त, वही प्यार वही स्कूल जाना।

ये जिंदगी का चक्रव्यू है जो चलता ही जाएगा।

क्या जिंदगी यही ख़तम होती है? नहीं इसी से बनता है परिवार।

परिवार होता क्या है? सिर्फ चंद लोग घुल मिलकर बात करलिए होगया परिवार?

नही परिवार का मतलब होता है सब साथ बैठ अपने सुख दुःख एक संग जिए, कोई मुसीबत मे साथ ना छोड़े और हरदम एकसाथ मिलकर रहे।

।। परिवार ।।

ये वो कड़ी है जीवन की,
जो साथ हमेशा निभाती है,
शिकवे गीले को दूर कर,
वो हमे आगे बढ़ाती है...!

इसमें शामिल है सब अपने,
माँ बाबा और उनके सपने,
इस डोर को कायम करना,
ही है हमारे सपने...!

सिर्फ इतनासा है ये परिवार,
होते है इनमे शरीक इनके माँ बाप,

जिन्हे दादा दादी,

नाना नानी कह पुकारते है,

बस इतना ही नहीं,

मामा मामी, चाचा चाची,

भाई बहन होते है बेमिसाल...!

पूरी तब होती है ये डोर जीवन की,

जब हम साथ मिलते है,

इस अनोखे बंधन को,

एक परिवार कहलाते है...!

तो ये सफर ख़तम हुआ? शायद हां..

लेकिन सिर्फ इतना ही था?

बस ये चंद चीज़े? यही होता है सफरनामा?

जी नहीं इसमें और ऐसे बोहोत किस्से होते है जिससे हर कोई गुजरता है,

हर रात, हर सुबह, हर वक्त ये किस्से ये बातें हर किसी के साथ होने ही है...!

तो कुछ ऐसे किस्से सुनेगे, जो हमेशा होते है...

प्यार मोहब्बत की बातें तो सुन ली हमने,

कुछ किस्से ऐसे जो दिल छू जाए...!

।। माँ ।।

वो मेरा पहला प्यार,

मेरा दुल्हार,

मेरा साया,

मेरा सबकुछ है...!

उसका साया ही तो,

मेरा खिलखिलाना है,

बचपन मे चोट लगे,

तो दर्द उसे होता है,

भूक मुझे लगे,

तो बैचेन उसका दिल होता है...!

सारी चीज़े ठीक है,

ये देखना हरदम उसका काम होता है,

कुछ छूट जाए हमसे,

तो याद उसे जरूर होना है...!

उसे घर पर न देख,

अजीब सा लगता है,

सुना घर और अजीब एहसास होता है,
बहार जाए घूमने या कही अनजान शहर,
माँ के हाथ की रोटी ही भाती है,
कुछ भी होजाए,
रात मे माँ के हाथो की मालिश ही तो,
वो सुकून की नींद दे जाती है...!

बस ऐसेही,
माँ की गोद भी सुनी पड़ जाती है,
माँ से दूर जाकर,
ही तो माँ की कीमत समझ आती है...!

सब कुछ संभाल कर,
हमे भी संभालती है,
कुछ न मिले तो,
उसे पूछने से,
वो चीज़ भी तो मिल जाती है,
बाबा चिलए, माँ ही तो हमेशा बचाती है...!

लिखू उतना कम है,

माँ के लिए तो ये किताब भी आधी नम है,

माँ का भी तो इस संसार मे अलग ही नाम है...!

।। बाबा ।।

बाप, बाबा, पिता, क्या नाम से पुकारे हम इन्हे,
समझ नहीं आता,
किस मीठी के है बने ये,
ये हमे कभी ना पता चल पाता...!

ख्वाब बुने थे हमने,
पुरे किए इन्होने,
हो कितनेभी सख्त हमपर,
प्यार भी उतना करते है,
ग़ुस्सा दीखता जरूर है,
अंदर से तो नरम मिजाज़ के है...!

कहो कुछ भी इनसे,
ग़ुस्से से देखेंगे,
मगर अगले दिन,
वही चीज़ खुद लेके आजायेंगे...!

कुछ ऐसेही डरते डरते हम बड़े हुए,
उनसे छुपा बातें,

माँ से कहने लगे...!
माँ को बता सब करने लगे,
कुछ चाहिए हो,
तो माँ को उनसे पूछने कहने लगे...!

डर बेशुमार है,
उनका टोकना भी अनिवार्य है,
वो तो बस हमपे उनका,
प्यार दिखाने का तरीका है...!

फ़ोन पर जब भी बाबा का नाम आए,
धड़कन यु तेज हो जाती है,
अब राह होती है सिर्फ घर जाने की,
बाबा क्या कहेंगे ये सोचने की...!
डरते डराते हम बड़े हो जाते है,
बाबा का डर साथ ले बढ़ते है,
उनकी कही हर एक चीज़ याद आती है,
मगर हमे तो प्यार नहीं उनकी डाट याद आनी है...!

ये तो किस्सा है जीवन का,
माँ की गोद और बाबा की डाट का सफर होता है,

कितना करलो दूर तुम उन्हें,
वो वही होते है,
प्यारे और अलग ही किस्से होते है...!

बाबा का दुल्हार,
कही और नहीं मिलता,
करलो कितनी कोशिश,
उनसा प्यार करने वाला,
शायद ही कोई होता होगा...!

नसीबवान है हम,
हमे प्यार है मिला,
परिवार है मिला,
सोचो कभी मिलता होगा,
उन नन्हीसी रूह को उनका कोई हकदार?

तो है इनका साथ,
तबतक साथ निभाएंगे,
हर घडी इनको अपना मान,
दुनिया से लड़ इन्हे सजाये रखेंगे...!

।। दादा दादी- नाना नानी! ।।

प्यार है दुल्हार है,
जो चाहिए उसका एक अलग ही साज है,
बस कहने की देर है,
दादा को तो हाथ मे वो चीज़ ला देनी है...!

माँ नाराज हो,
या बाबा ने डाटा हो,
गोद मे जा सोना हो,
कुछ अच्छासा खाना हो,
दादी का ही तो वो हक़ होना हो,
उनसे ही तो वो सब पाना हो...!

जब माँ के साथ जाना हो,
माँ के घर वो खलियान हो,
नानी तो बस खुश हो,
उन्हें अपना हाथ हमारे सिरहाने ही देना हो...!

नानू की तो बात ही अलग है,
वो तो उत्साह का भंडार है,

जब भी मिलने जाते है,

उनका अलग ही एक मिजाज है...!

इनका प्यार लाजवाब है,

इनका साथ तो बेमिसाल है...!

।। समभासी ।।

तू रूठ कर कहा जाएगी,
फिर लौट मेरे पास आएगी,
डाट लगाएंगे पापा मुझे,
तब तू ही तो बचाएगी...!

माँ चिलाएगी,
फिर तू रोएगी,
फिर, उन्हें समझाने तू मेरे पास ही तो आएगी...!

खेल खुद होगा जरूर,
तेरा रिश्ता और मैं मजबूर,
तू छोड़ जब मुझे जाएगी,
किसे दर्द हो या न हो,
मुझे रुला तू जाएगी...!

लाख केहदु तुझे,
तू बुरी है,
मैं सच कह नहीं पाउँगा,
कोई तिरछी नजर से देख ले,

उसे अच्छा सबक सीखा आऊंगा...!

तू नकचीदी कहना मुझे,

मैं चीड़ सी फिर जाउंगी,

पापा को तेरी शिकायत कर आउंगी,

जब भी कुछ मुसीबत हो,

तो उनसे पहले तुझे ही तो बताउंगी...!

मैं रोउंगी, तू मनाएगा,

मेरे शादी मे तू सबसे ज्यादा रोयेगा,

हर वक़्त हर घडी,

तू मेरा कहलाएगा,

एक भाई का बहन से दर्द देखा न जाएगा...!

एक बहन के आसु के उस नज़्म को,

तू देख उसे चीड़ जाएगा,

कौन है तुझे रुलाने वाला कहकर,

तू इस बुरी दुनिया से भी लढ जाएगा...!

तो ये सफर अनोखा है, दादा दादी का प्यार अनोखा है, ये रिश्ता भी तो अलग है।

ये कुछ किस्से थे बचपन के, इसे किस्से कहना थोड़ा अलग होगा, शायद ये जिंदगी के वो पहलु है जो हर कोई जी चूका है, अपनी आने वाली पीढ़ी भी ये सब जीने वाली है।

जानते है कुछ भाव मन के जो इस जिंदगी के सफर मे हमारा साथ नहीं छोड़ते।

कही न कही ये आते ही आते है। हर वक़्त हर दफा हमारी परछाई बनके रहते है।

इसके आगे हम उस विषय का छोटासा वर्णन और उसी से रुबरु होते हुए कुछ कहानी सुनेगे...

तो ये है कुछ भावनाएँ जो इस जिंदगी के सफर मे हमारा साथ देते है..

शुरू करते है कुछ प्यार के एहसास से वो है...

।। प्रेम ।।

ये एक ऐसी कड़ी है,
जो हर किसी को मिलनी है,
माँ के कोक से जो हमे मिलनी हो...!

दाखिल होते इस जीवन मे,
सबको हमसे जोड़ती है,
माँ बाबा को साथ वो हमेशा जो रखती है...!

फिर आते है रिश्तेदार,
भाई बहनो का दुलहार,
कुछ हो जाए तो,
रोखले ऐसे होते है इनके विचार...!

फिर आते है दोस्त,
और उनके नखरे हजार,
क्या कहे इनका,
जस्बा होता है बेमिसाल...!

नाना नानी का क्या कहना,

दादा दादी की तो बात ही न पूछना,
कुछ ऐसा होता है,
इनका दिल का कारवा,
अलग सा इनका रिश्ता...!

तौफे मे मिले है,
सब इस दुनिया मे,
प्यार का अलदपण,
है इनके नजरो मे...!

कहा छुपालु इन्हे अनदेखी नजरो से,
ताकि नजर न लगे,
इन रत्नो से सजे ये इंसानो को...!
ये एक भावना है,
जो समझनी है,
बचपन से लेके,
बुढ़ापे तक हमे समेटे रखनी है...!

प्रेम के भाव निराले होते है,
खट्टे और मीठे दोनों लाजवाब होते है,

बचपन से लेके मौत तक वो साथ निभाते है,

प्रेम से ही तो सारे जग मे हम एक समान होते है...!

जहा प्रेम होता है वहा क्रोध होना अनिवार्य है ।

क्रोध एक ऐसी भावना है, जो समझना काफी मुश्किल होती है, कब आती है, क्यों आती है कभी पता नहीं चलता। असल मे क्रोध एक ऐसा अव्य है हमारे जीवन का जो छूटते छूटता नहीं, और काफी हद तक हमारे जीवन की पंखुड़ियों से इतना भिन्न हो जाता है, मानो वो अलग हो। क्रोधित होना अनिवार्य है, आपको मुझे किसी न किसीको क्रोध आता ही है, इसका मतलब ये नहीं की हर किसी पे क्रोध करे।

। । क्रोध । ।

गुस्सा, कोप, या कहु मैं क्रोधित हूँ,
तुमने कुछ गलत किया इसीलिए मैं भड़का हूँ...!

क्रोध तो युही नहीं आता ना,
जरूर किसीने कुछ ना कुछ गलत किया है...!

ये भाव भी ऐसा है,
ना जाने कितना खट्टा है,
मिठास वाली चाय मे,
मानो नमक जैसा ढलता है...!

नाराजगी बढ़ती है,
ये ऐसा नगमा है,
ये वो वक़्त का पैलु है,
मानो रुकता नहीं रुकाता है...!
बिछड़ जाते है लोग,
अक्सर ऐसे मैफिल मे,
क्रोधित वातावरण हो,
तो मानो वो दूर हो जाते है...!

ये पड़ाव ही कुछ अलग है,
दूरिया बढ़ाता है,
समझ नहीं आता है,
कैसे वो आ जाता है...!

कहते है क्रोधित हो,
तो दूर रहो,
दिल दुखाओगे,
ये तुम जान लो...!

ये एक अस्त्र है,
जो बिना कटे चलता है,
चल जाए किसीपे,
तो सारा गलत हो जाना है...!
तो थोड़ा संभल कर,
खुद को रोख कर,
पछाताप से सर झुका नहीं,
तो खुशियों से मुस्कान हो,
क्रोधित हो तो ढील दो,

अपनों से थोड़ा दूर रहो...!

दिल दुखाना भाता नहीं,
बस सरगमों से प्यार करना आता नहीं,
क्रोध तो अनिवार्य है,
ये तो बस एक जिंदगी की भावना है...!

जहा प्रेम होता है, वहा आनंद होता ही है, आनंद की भावना तो अलग ही होती है, खुशियों से भरी ये दुनिया मिठास छोड़ जाती ही है...

।। हर्ष ।।

उल्हास हो हरजगह,

यही मे चाहूँगी,

हर कीमत पर,

तेरे ओठो की ख़ुशी बरकरार हो,

यही तो मे हरदम चाहूँगी...!

सोचा मैंने लिखू तुझपर माँ,

मे लिख ना पायी,

कोशिश की बाबा के लिए कुछ केहदु,

मे वो भी कह ना सकी...!

तो बस सोच लिया मैंने,

ये वक्त ना ढल जाए,

ये हर्ष मेरा बस तुझसे मिले...!

वो हसी,

वो महक,

वो उल्हास,

वो रंग जो कह जाए,

मेरी बातों को वो बस पन्हा दे जाए...!

कुछ ऐसी होती है,
ये भावना जो सेहमी होती है,
करलो कुछ भी,
जो हो दिल के करीब,
वो हर्ष तुम्हे देती है...!

कोई दिल को बहलाने वाली बात हो,
या हो कुछ सज्जा सा,
प्यारा सा,
जो करदे खुश तुम्हे,
वही होता है आनंद हमे...!

कितनी कोशिश करलु मैं,
समझाने तुम्हे,
समझ ना आएगा शब्दों से,
सिमट कर सिर्फ इन शब्दों मे,
हर्ष और उल्हास नहीं है इन कहानियो मे...!

जिए जाते है ये पल,

जो वो मुस्कान दे जाते है,
हर वक़्त हमारे लिए,
वो सकारात्मक माहौल बना जाते है,
हसी और ठहाके होते है,
बस खुशियों के बलबूते पे,
ये किस्से बुने जाते है...!

प्रेम मे क्रोध हो,
ख़ुशी भी वैसे ही साथ दे जाती है,
हर्ष और उल्हास की बातें,
सिर्फ किताबो मे नहीं,
असलियत मे भी खुशियाँ दे जाती है...!

अब जाहिर सी बात है, जहा ख़ुशी है वहा विश्वास है, जहा प्रेम है विश्वास है, और ये विश्वास वही है जो उस प्रेम को उस ख़ुशी को बांधे रखता है, विश्वास की एक छाव है। देखी ना जाने वाली बस समझने वाली बात है। विश्वास बस ऐसेही जीता नहीं जाता। या किसीको बताया नहीं जाता, वो तो बस किया जाता है। ये शब्द काफी छोटा है, पढ़ना आसान है, मगर उसे जाताना काफी मुश्किल।

।। विश्वास ।।

बुनियाद है ये एक रिश्ते की,
होना भी जरूरी है,
हर वक़्त लगे रहते है हम,
इस कोशिश मे,
की वो डगमगाए ना किसी हालात मे...!

ये वो कड़ी है,
इस सफर की,
जो हम जीते है,
हर घडी,
किसी ना किसी पे विश्वास की डोर लाँगते है...!

कोई अनजान रास्ते आए,
तो डगमगा जाते है,
भरोसा ना कर उसपे शक करते है,
तो यही है,
वो बुनियाद,
जो हमे जोड़े रखती है,
भरोसे के नीव पे तो ये दुनिया चलती है...!

कैसे बताए आपको,
ये विश्वास क्या होता है,
खुद पे करो तो ताकत,
और दुसरो पे करो,
तो हमारी कमजोरी बन जाता है...!

याद रखना तुम,
ये कठिन है करना,
विश्वास को दूर रख,
सिर्फ बात है करना...

एक बार जो लगाव हो जाए किसीसे,
तो युही नहीं डरना,
सोच समझ कर उसपर विश्वास करना...!
धोका एक शब्द है,
ये मानवी जीवन का एक पहलू है,
कितना करलो,
इंसानो को तो मिलना है,
अगर मिल भी जाए,

तो डगमगाना मत,
विश्वास करलिया तो अभी पीछे मुड़ना मत...!

ये विश्वास भी एक धागा है,
टूट गया तो वो पुराना साया है,
जोड़ना चाहो लाख मगर,
जुड़ना भी उसे कहा आना है...!

ये तो बस एक भावना है,
हर इंसान को इसके संग जीना है,
एक नन्हे बालक को भी तो उसके माँ पर भरोसा है...!

खुद खेल रहे उस जान को,
गिर जाऊ तो संभाल लेगा कोई ये भरोसा है,
वैसे ही हर इंसान को,
वो डगमगा जाए तो सवार लेगा कोई,
ऐसी उसकी एक आशा है...!

जहा प्रेम वहा उल्हास, जहा उल्हास वहा विश्वास, जहा अविश्वास वहा क्रोध। ये सब कैसे घुले मिले है, हर भावना एक दुझे की कड़ी है। जहा हर भावना जुड़ती है वहा एक भावना हमे हरदम हर वक्त सताती है, और वो है भय या कहे दर।

।। भय ।।

तू छूट न जाए मुझसे,
ये डर हरदम सताता है,
तू मेरी जान को बक्श दे,
ये किस्सा याद आता है...!

नन्ही सी जान है,
लग गया तो रोती है,
दर्द होना नहीं हो,
तो उनकी माँ जो डर जाती है...!

हर घडी पर भय साथ निभाता है,
परीक्षा अच्छी होगी ना,
ये डर सताता है...!

ये कदम काफी बड़ा है,
ऐसे लगता है,
हो पाएगा या नहीं मुझसे,
ये आत्मविश्वास ना होने का डर दे जाता है...!

हर घडी का ये किस्सा है,
डर तो कायम जिंदगी का हिस्सा है,
बरसात मे बीमारी का,
गर्मी मे उबाले का,
ठंड मे जुखाम का डर दे जाता है...!

ये भय तो हमसे क्या कुछ करवाता है...

नियत हो ख़राब,
या हो अच्छी,
काम सफल होने का,
फिर ये कुछ कह जाता है...!

ये डर भी हमे बोहोत कुछ सीखा जाता है...!
किसी के खोने की वजाह,
तो किसीके दूर होने का नशा,
ये डर ही हमे कायम बताता है...!

शायद ये डर ही तो हमे,
मुक़मल बनाता है,
कुछ कर दिखाने का एहसास दिलाता है,

ये डर ही तो हमे,

अपनी किम्मत बता जाता है...!

ये सफर ही कुछ ऐसा है हमारे इस जीवन का, हर भावना का फल हमे मिलता है। कोई ऐसा शक्श नहीं जिसने ये सहा नहीं। हर घडी किसी ना किसी भावनाओ को उसने समझा नहीं, बचपन से लेके बुढ़ापे तक, और जन्म से लेके मौत तक का सफर इन्ही रिस्तो से चरणों से संभलता है।

जहा डर है वहा निराशा का तो होना कायम है। निराशा कुछ सेहमी सी होती है, दुःख का बौछार जो लाती है। ये कुछ ऐसे पल हमे दे जाती है...

।। आशा ।।

आशा करती हूँ आप सब ठीक होंगे,
इस दुनिया मे अपने अलग ही रितो से झुंजते होंगे,
जायज़ सी बात है,
आप सब अच्छे होंगे...!

आशा करती हूँ,
मेरा राजकुमार कुछ ऐसा हो,
मुझसे प्यार करनेवाला हो,
ना जाने कैसे होगा वो,
यही तो मेरी आशा करना हो...!

आशा करता हूँ,
वो मुझे समझ जाएगी,
मेरे परिवार को बिना टोके संभाल पाएगी,
यही तो आशा है...

आशा करती हूँ बेटा बड़ा होकर डॉक्टर बने,
पूछा नहीं उसे किसीने,
यह भी तो अंध वाली आशा है...

पुराण काफी बड़ा है,
समझने जाऊ तो ये किताब भी,
पूरी नहीं होनी है...!

गलत नहीं है आशा रखना,
आशा करता हूँ ये कहना,
गलत ये है,
हमारे दिल का युही टूटना...!

आशा एक ऐसी नीव है,
जो रिश्ते की बुनियाद नहीं एक जोड़ है,
आशा करना कोई गलत बात भी नहीं है...!

बस एक है,
करनी उतनी है,
जितनी मुमकिन है,
झोली मे पड़ने वाली,
हर एक बात तो अपनी है...!

आशा करले अगर,
तो खुद को ही संभालनी है,
दूसरे पे दोष दाल,
उसे नहीं ये बात केहनी है...!

उतनी आशा काफी है,
जितनी होनी है,
हाथों मे ना आए,
उतनी आशा भी तो मेहेंगी है...!

हम खुद को ही कहते है,
दिल भी अपना दुखाते है,
हम आशा करके,
आशा की भावना को ही जगाते है...!

बुरा कहा कुछ है इस दुनिया मे,
यहाँ सब अनिवार्य है,
आशा के बिना क्या किसीको सहारा है?

सच कहा है किसीने,

आशा के बिना कुछ नहीं है,

ज्यादा आशाएं भी तो व्यर्थ होने का संदेसा है...!

ये भाव भी जरूरी है,

ना हो तो ये सफर भी अधूरा है,

क्या कहे,

आशा होना भी एक मकसत है,

जरुरत से ज्यादा हो,

तो वो लालच है...!

।। निराशा ।।

दुःख दर्द जहा,
ये जरूर होती वहा,
जहा सागर हो गमो का,
वही बिराजती है ये निराशा...!

कैसे कहे हम,
किसे कहे,
आशा करे या बस चुप रहे?

कही बिजली तो कही रंग,
कही रात तो कही दिन,
आशा के संग निराशा की है ये बीन...!

बजते जरूर है अलगसे,
मगर साथ होते है,
कितना भी सोच ले हम,
ये दिमाग के पीछे,
दीमक जैसे लग जाते है...!

निराशा का भाव ही अलग है,
जहा आशा है,
वहा उसका साथ भी जरूरी है...!

जब कोई काम ना हो वक्त पर,
या ना हो जैसे चाहा था,
घेर लेती है निराशा हमे,
जैसे यही एक है चीज़ हमारी हाथो मे...!

जिंदगी है होना है,
हर मोड़ पे ये भावनाओ के साथ हमे जीना है,
निराश होके,
ना हमे बैठना है,
किस्से है बनेगे,
ये सोच हमे आगे बढ़ना है...!
निराशा को दूर कर,
खुद को साबित करना है,
ये भावनाये है,
इन्हे साथ लेके ही हमे आगे बढ़ना है....!

जहा प्रेम वहा भावनाए अपने आप आजाती है, जैसे आशा के साथ निराशा, कही बार ऐसा जरूर हो जाता है, इन सबमे हमे एक भाव अनोखा सा नजर आता है, घृणा का वो एक नगमा अलग और अजीब सा लगता है।

तो घृणा होती क्या है, नफरत करना, किसी व्यक्ति या किसी चीज़ से बैर रखना। फिर वो इंसान हो या फिर वो वास्तु, कोई बात हो या कोई जिव। नफरत, घृणा, बोहोत अलग पहलु है जिंदगी के। जो शायद ही समझे जा सकते है, समझ के बहार और समझाने के बहार के ये किस्से होते है।

।। घृणा ।।

मुझे तुम पसंद नहीं हो,
ये कहकर तुमने अपना रास्ता,
जरूर बदल लिया,
अनजान राहो मे मिलना ना दोबारा ये कहकर,
हमे ठुकरा दिया...!

क्या ऐसा था हम मे,
जो तुम्हे पसंद ना आया,
उसे नफरत का नाम देकर,
तुमने हमे ठुकराया...!

नफरत करना जायस है,
उसकी वजह होना भी तो बात है?
मगर नफरत क्यों होती है,
ये भी तो सोचना जरूरी है...!
नफरत की वजाह है,
तुम मुझसे अच्छा कर गए,
ये कैसे भला मुमकिन है?
तुम अकेले ये कर गए,

या कुछ मदत तुमने ली है,
इससे इर्षा अब कहते है,
इस इर्षा को ही,
नफरत कहलाते है...!

तो बिलकुल भी अच्छा नहीं,
ऐसे जब कोई कहता है,
कोई ना कोई वजाह से,
जरूर उनमे कोई अनबंद है ऐस ज्ञात होता है...!

वह छोड़ गई मुझे,
वो दिल तोड़ गया मेरा,
मैं नफरत करती हूँ उससे,
ऐसे कह,
नफरत के बोल हम गाते है...!
कुछ हो या ना हो,
हम सब सामने वाले से बैर रख लेते है,
बिच रास्ते मिले,
तो देख रूह कापती है,
ग़ुस्से मे जलता बदन,

कुछ और भी दिखलाती है...!

ये घृणा की चाबी बोहोत कुछ समझाती है,
क्या मिलता है बैर रख,
ये पूछ जाती है,
ना है किसीका भला इसमें,
नुक्सान ही नुक्सान है,
ये बैर ऐसे जिंदगी के,
रिश्तो को तोड़ वो जाती है...!

ग़ुस्सा लाजमी है,
नफरत नहीं..
बात आधी है रात नहीं,
एक दीमक है इस जीवन का,
नफरत तो साथ चलनी है,
इस भाव मे तो सबकी नया एक दिन डुबनी है...!

नफरत का क्या कहे ये लाजमी है, सही बात तो हमने अभीतक जानी नहीं है। हर रिश्ते मे ये बात होनी है, सिर्फ रिश्ते नहीं, ये बात तो हर किसी के जीवन मे एक ना एक रूप से आनी है। आश्चर्य होंगे आप, ये क्या मैं कह रही हूँ, आपको आश्चर्यचकित करने का बहाना ढूंढ रही हूँ?

ज्यादा कह ना पाऊँगी, तो कुछ दो पंक्तिया आपके लिए...

।। आश्चर्य ।।

ताजुब हुआ होगा आपको,

ये सुनकर,

हमने ये किताब लीख दी,

भाव हमारे हो या ना हो,

हमने हमारी कहानी लीख दी...!

सिर्फ हमारी नहीं तो आपकी भी,

हमने एक छोटी नीव रख दी,

खुद को बढ़ता देख हमने एक ख़ुशी लीख दी...!

ये भाव ऐसा है,

दिल के करीब है,

सरप्राइज कहते है लोग इसे,

ऐसे ये सिलसिला है,

खुश करने का ये एक और तरीका है,

मुस्कान दिलाने का,

ये एक तजुड़बा है...!

आश्चर्य होना एक भाव है,

फिर वही खुशियों का भंडार है,
कभी कभी दुःख का संगम है,
मगर अच्छी शुरुवात का वो आलम है...!

कोई अनकहा सा तोफा हो,
या एक खबर हो,
ख़ुशी की वो रफ़्तार तेज हो,
जिसे देख तुम्हे विश्वास ना हो,
अस्चर्य उसी का एक गहना हो...!

दिल की धड़कने तेज हो,
और रात भर सोना हो,
सुबह उठ आँखों को सुकून का वो संदेश हो,
या कुछ अच्छा होने का संदेश हो,
वही तो सरलता का भास हो...
ये भावनाए ऐसी खास हो,
आश्चर्यचकित होने का एक अलग ही एहसास हो...!

ये भावनाए बोहोत कुछ कह जाती है, कुछ सीखा जाती है, हम हर मोड़ पर इन भावनाओ के साथ जुड़े हुए है।
कभी खुदसे तो कही मजबूरी से, इस दुनिया मे हर वक्त हर घड़ी ये भावनाए साथ देती है।
मंज़िल मकसत कुछ भी हो, ये हमारे साथ हरदम होती है।

जिंदगी एक सफर है, और हम वही सफर को इन कविताओं क साथ देख रहे है, ये वो मोड़ है जिंदगी का, जहा हमे सिर्फ जंदगी मे आने वाले इंसान का स्वीकार नहीं तो उस हर चीज़ का स्वीकार करना होता है, जो हमसे कही ना कही जुड़ा होता है। हमसे कुछ ना कुछ कहना चाहता है।

।। स्वीकृति ।।

प्यार मे सब अच्छा लगता है,
मगर प्यार ये दो दिलो का नहीं,
दो परिवारों का मिलन होता है...!

ये स्वीकार करना ही,
सबसे बड़ा कारवा होता है...!

मैं स्वीकार हूँ या नहीं तुम्हे,
मैं नहीं जानती,
जानती हूँ मैं मगर,
तुमसे अच्छा कोई नहीं...!

मैं थोड़ी अल्हड हु,
थोड़ी ग़ुस्से वाली,
थोड़ी नकचिडी,
तो थोड़ी परेशानी,
बस हूँ दिल से प्यारी,
क्या करोगे स्वीकार तुम,
और कहलाओगे अपनी रानी?

क्या तुम स्वीकार करोगे?
किसी अलग देशमे बसना,
कंपनी ने पोस्टिंग दी है,
क्या बढ़ाओगे तुम कदम अपना?

अब बस भी करो ये,
ये किस्सा अनोखा है,
हर घड़ी का शिकवा भी,
एक अलग ही पैतरा है...!

क्या स्वीकार करोगे तुम?
किसी और का होना,
उसकी जिम्मेदारी निभाना,
और सबको खुश रखना?
क्या स्वीकार करोगे तुम,
ये है तुमसे पूछना,
हर वक़्त ये सवाल आएगा,
ये तुम्हे है समझना...!

स्वीकार करना आसान नहीं,
ये काफी बड़ी बात है,
जो जैसा है,
उसे वैसे रहने देना,
मानो पाप है...!

सिलसिला है जिंदगी का,
इससे बैर ना करना,
स्वीकार करना होगा,
बिना प्रतिउत्तर दिए इस जिंदगी का...!

तो ये थे कुछ भावनाए जो हरदम जिंदगी के साथ चलते ही जाती है। हर वक़्त हर घडी हमारा साथ निभाते है। बुढ़ापा हो या जवानी ये भावनाए हरदम साथ होती है। कर लिया हो स्वीकार तुमने तो ये बोहोत बड़ा निश्चय है,अब तो सिर्फ इसे कायम करना है, रखना है साथ हमेशा निभाना है। एक मोड़ ऐसा आता है जिंदगी मे, जो निराली चीज़े दिखा जाता है, वो होता है बुढ़ापे मे साथ होना। ये एक ऐसा मोड़ है जो सँभालते संभलता नहीं, और प्यार का रास उभरता नहीं। बस मिठास की पुड़िया बढ़ती जाती है, और ऐसेही कुछ रुस्वे होते जाते है...

।। तेरा साथ ।।

(एक साथ बुढ़ापे तक का...)

मिले थे दोनों,
अनजाने से,
खड़ा किया था संसार हमने,
दुनिया के उस अनोखे बंधन से...!

कहा था हमने एक दूसरे से,
साथ निभाएंगे,
कुछ भी हो जाये,
हम कभी ना डगमगाएंगे...!

आज भी हम साथ है,
प्यार भी बेशुमार है,
पोते पोती का प्यार है,
और बेटे का साथ है,
दूर होकर भी बेटी का दुलहार है...!

भाग्यवान है हम,
जो आज का दिन हमने देखा है,
सिलसिला ये राज का है,
हम सबका एक जाम है,
ख़ुशी का पैगाम है,
अब बस साथ रहने का नाम है...!

एक तरफ ख़ुशी वाला साथ है,
कही दूर किसीने,
बनायीं होगी योजना,
जिन्हे अलग इन्हे करना है...!

उनका साथ एक दूसरे क लिए जरूरी है,

हर दुःख मे साथ रहने वाली,
वो माता को भी प्रणाम है...

बेटी का प्यार हो,
बेटे का दुल्हार हो,
ऐसे उनकी ख्वाइश है,
मगर किसीके मन मे,
उन्हें सँभालने की इच्छा ना होने का भास है...!

यहाँ हमे डर है,
कुछ हो ना जाए इन्हे, ये बात है,
इन्हे तो बस,
एक दूजे के लिए आखरी पल,
बिताने का एक जस्बा है...!

साथ तो जिंदगी भर था,
एक दूसरे के लिए वक्त कब था?
हमने भी तो,
उन्हें अकेला कब छोड़ा था?
हर वक़्त उनसे कुछ चाहिए जरूर था,

क्या हमने आखिर मे उन्हें दिया कुछ था?
बुढ़ापा एक बचपना है,
उनका बचपन उन्हें फिर जीना है,
उसमे भी एक अलग मजा है,
क्यूंकि हमे भी बुढ़ापा देखना है,
हमने जैसे बर्ताव किया वैसे नहीं अपनों से करवाना है...!

ये साथ भी लाजवाब है,
बेशक बेमिसाल है,
ये बुढ़ापा भी एक एहसास है,
जिंदगी के चंद किस्सों का ये कोहिनूर का ताज है...!

बुढ़ापा आते ही, जिंदगी बदल जाती है, हमे कुछ दर्शा जाती है, डरते है हम, जानते है जीवन की घडी कभी भी किसी भी वक़्त रुक सकती है। और वो नए सफर की घडी शुरू हो जाती है।

जैसे कहा था हमने पहले भी ये सफर है जिंदगी से मौत तक का। और हम पोछ गए है उस आखरी पड़ाव पर। जहा जिंदगी ने हमे सब कुछ सीखा दिया है, हमने हसना, रोना, सब देख लिया है, अब ये जिंदगी क्या करवाएगी? ये हमसे हमे खुद को पूछना है।

।। मृत्यु ।।

आखरी सफर है जिंदगी का,
किसी का जल्दी तो किसीका समय से,
होने वाला फैसला है...!

अब सब रुक्सत है,
सब खुश भी,
हमे देखना है,
ख़ुशी का रंग भी...!

देखा तो सब है,
एहसास भी तो किया है,
जाने का वक़्त नजदीक देख,
हमने सबसे मिल भी लिया है,
इस सफर मे हमने बोहोत कुछ सीखा है...!

अलविदा हमे कहना है,
इस दुनिया से हमे अब रूठना है,
दुःख होगा जरूर लोगो को,
उन्हें बहलाना है...!

मुमकिन कैसे होगा,
किसी प्यार को खोना,
मुझे भी तो वो दर्द: सेहेन नहीं होना...!

तो ठंडा पड़ा बदन भी कुछ कहेगा,
जाने दो मुझे वो पुकारेगा,
मिलेंगे जरूर कही ना कही,
डरो मत मेरा हाथ सदा तुमपर बना रहेगा...!

फिर लोग आएंगे मिलने मुझे,
रोते हुए करहाते हुए,
मे छोड़ गया उन्हें,
ऐसे कहते हुए,
तब संभल जाना तुम,
उनसे भी कहना तुम,
कही नहीं गया मैं,
ऐसे विश्वास दिलाना तुम...!

मैं हरदम साथ रहूँगा,

थोड़ा दूर ही सही मे रहूँगा,
कुछ भी अनर्थ लगे,
तो मैं जरूर तुम्हे बताऊंगा...!

ये सफर ऐसा अनोखा,
सीधा थोड़ा टेढ़ा,
सिख लिया है सबने यहाँ,
कैसे है इसे जीना,
जब वक्त होगा जाने का,
ना रोक सकेगा कोई,
ये सफर जिंदगी से मौत तक का,
शब्दों से ना बया कर पाएगा कोई...!

सिर्फ अनुभव से वो सीखेगा,
ये सफर जिंदगी का अपने बलबूते पे,
वो मुक़मल कर जाएगा...!

।। कुछ आखरी पंक्तियां।।

तू रहे या ना रहे,
मैं राहु या ना राहु,
ये रूह जरूर होगी.
जब साथ है कोई,
तो उसे अपना कहलाने की,
क्षमता भी होगी.
मायूस होकर बैठेंगे,
तो शायद ये जिंदगी भी,
तुमसे नाराज होगी.
ये पल अलग है,
नाराजगी दूर कर,
हमे हसी की पूड़ियाँ जो खोलनी होगी.
चटकारे ले जिंदगी के,
हमें मौज जो करनी होगी,
हमें मौज जो करनी होगी...

Sparklingsayali

Flairs and Glairs, a platform by a student for the students. We are esteemed youth struggling to carve out our path for our future and we follow a basic mindset Since everyone is not born with all-round skills. Joining hands with people who are born to execute it with perfection is the best way to evolve. Self-Evolution is the need of the hour but, evolving as a community is what we strive for. The initiative as kickstarted by, Founder- Mr. Shubham Shah with the motive to utilize the skillset and talent of writing has now a team of 10+ people who are actively participating into newer forms of learning and discovering talents among youngsters. We Provide platform and services like Publishing opportunities, Open mics, Workshops, Hands-on training. Operating with Brand Name of Flairs and Glairs (Publication House), we offer the chance of elevating a passionate writer to an esteemed author With Brand name Teekhe Zasbaaat. We bring to you an opportunity to get accustomed with the Public Speaking and Presenting of Thoughts along with regular challenges to brush up your inking spirit. The newest initiative to extend our services we introduced in a new writing Platform- The Glittering Fables and Ink Over Tears.

We Choose to Fly Like A Falcon than to be

a Leg Pulling Crab.

To Know More: Infoline – 7781900870
Mail Us At-
flairsandglairs@gmail.com / info@flairsandglairs.in
Or Visit is at
www.flairsandglairs.com / www.flairsandglairs.in
Social Handles- @flairsandglairs @teekhezasbaaat

www.ingramcontent.com/pod-product-compliance
Ingram Content Group UK Ltd.
Pitfield, Milton Keynes, MK11 3LW, UK
UKHW021657190726
13853UKWH00001B/326